颜体集字经典古诗文 三

主编 江锦世

人民美術出版社 北京

图书在版编目（CIP）数据

颜体集字. 经典古诗文. 三 / 江锦世主编. -- 北京: 人民美术出版社, 2024.5
ISBN 978-7-102-09296-6

Ⅰ. ①颜… Ⅱ. ①江… Ⅲ. ①楷书－法帖 Ⅳ. ①J292.33

中国国家版本馆CIP数据核字(2024)第046718号

颜体集字经典古诗文 三

YAN TI JI ZI JINGDIAN GU SHI WEN SAN

编辑出版 人民美術出版社
（北京市朝阳区东三环南路甲3号 邮编：100022）
http://www.renmei.com.cn
发行部：（010）67517799
网购部：（010）67517743

主　　编 江锦世
集字编者 江锦世 张文思
责任编辑 李宏禹 张 侠
装帧设计 王 珏
责任校对 魏平远
责任印制 胡雨竹
制　　版 朝花制版中心
印　　刷 北京印刷集团有限责任公司
经　　销 全国新华书店

开　本：889mm×1194mm 1/16
印　张：4.75
字　数：5千
版　次：2024年5月 第1版
印　次：2024年5月 第1次印刷
印　数：0001—3000
ISBN 978-7-102-09296-6
定　价：28.00元

出版说明

为响应国家弘扬中华优秀传统文化的号召，人民美术出版社策划出版了『颜体集字经典古诗文』丛书，其内容是精选中国古代经典古诗文。

集字书法选取了唐代书法家颜真卿的作品，其正楷端庄雄伟，行书气势遒劲，对后世影响很大，创『颜体』楷书，与欧阳询、柳公权、赵孟頫并称为『楷书四大家』，又与柳公权并称『颜柳』，被称为『颜筋柳骨』。

在集字过程中，选取颜体楷书风格上比较统一的单字进行重新组合，力争做到风格、字与字、行气上的整体呼应；对残损字做了修补处理，对找不到的书法单字选取风格一致的偏旁部首重新组合，保持了集字作品的整体风格统一。本书对书法爱好者学习传统书法具有一定的指导作用。

目录

清明

唐 杜牧

清明时节雨纷纷，路上行人欲断魂。
借问酒家何处有？牧童遥指杏花村。

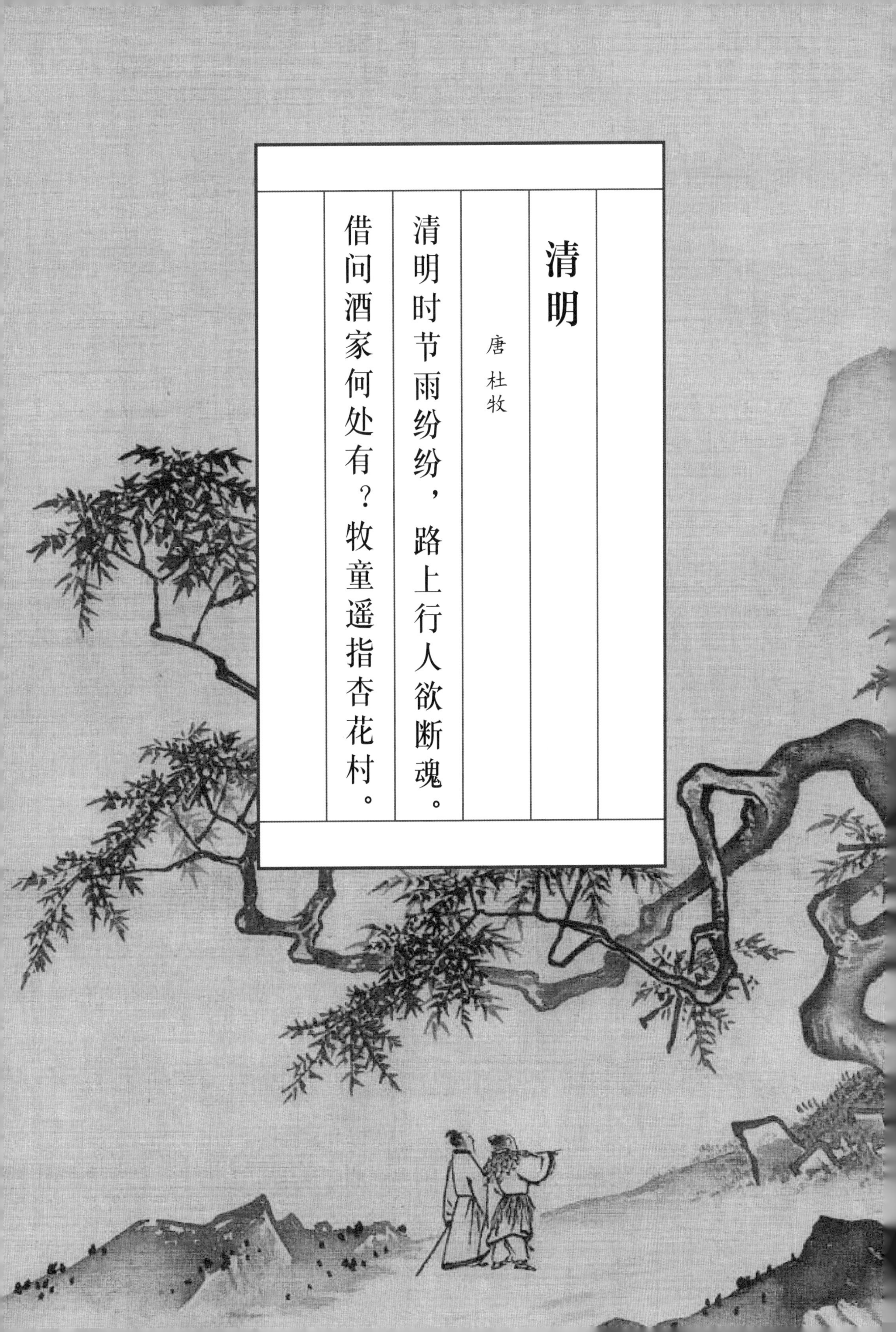

清明
時節
雨紛

清明时节雨纷

幺 糹 紒 紛

口 𧾷 𧾷夂 路

丨 ト 上

丿 彳 彳二 行

丿 人

𠆢 谷 谷𠂊 欲

紛 路 上

行 人 欲

纷，路上行人欲

𢆶 㡭 𢇍 斷

云 䰟 䰟 魂

亻 仕 借 借

尸 門 問 問

氵 洒 洒 酒

宀 宀 冡 家

斷 魂 借

問 酒 家

断魂。借问酒家

何處有
牧童遙

亻 仃 佢 何 卢 虍 虔 處 一 ナ 冇 有 ㇀ 牜 牪 牧 亠 音 章 童 夕 岳 䍃 遥

何处有？牧童遥

扌 扌 指 指

十 木 杏 杏

艹 艹 花 花

十 木 村 村

指杏花村

清明 唐 杜牧

指杏花村。

清明 唐 杜牧

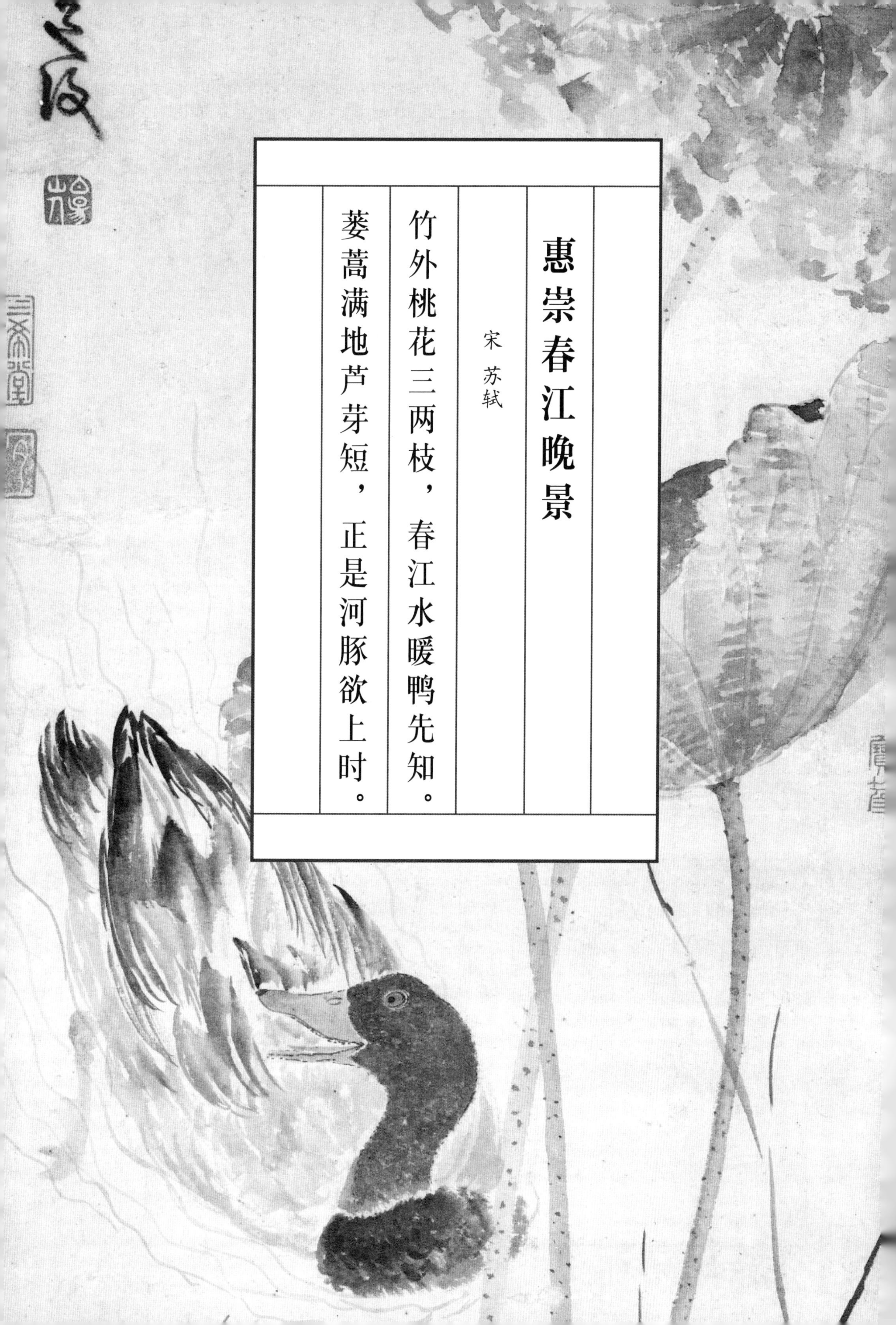

惠崇春江晚景

宋 苏轼

竹外桃花三两枝，春江水暖鸭先知。
蒌蒿满地芦芽短，正是河豚欲上时。

竹外桃花三两

竹外桃花三两

才 木 枋 枝

三 夫 春 春

氵 氵 汀 江

亅 水 水

日 盿 盿 暖

日 甲 鴨 鴨

枝 春 江

水 暖 鴨

枝，春江水暖鸭

先知蔞

蒿滿地

先知。蒌蒿满地

蘆芽短
正是河

芦芽短，正是河

月 月 豚 豚　⺈ 谷 欲 欲　丨 卜 上　丨 日 旪 時

豚欲上時

惠崇春江晚景

宋蘇軾

豚欲上时。 惠崇春江晚景 宋 苏轼

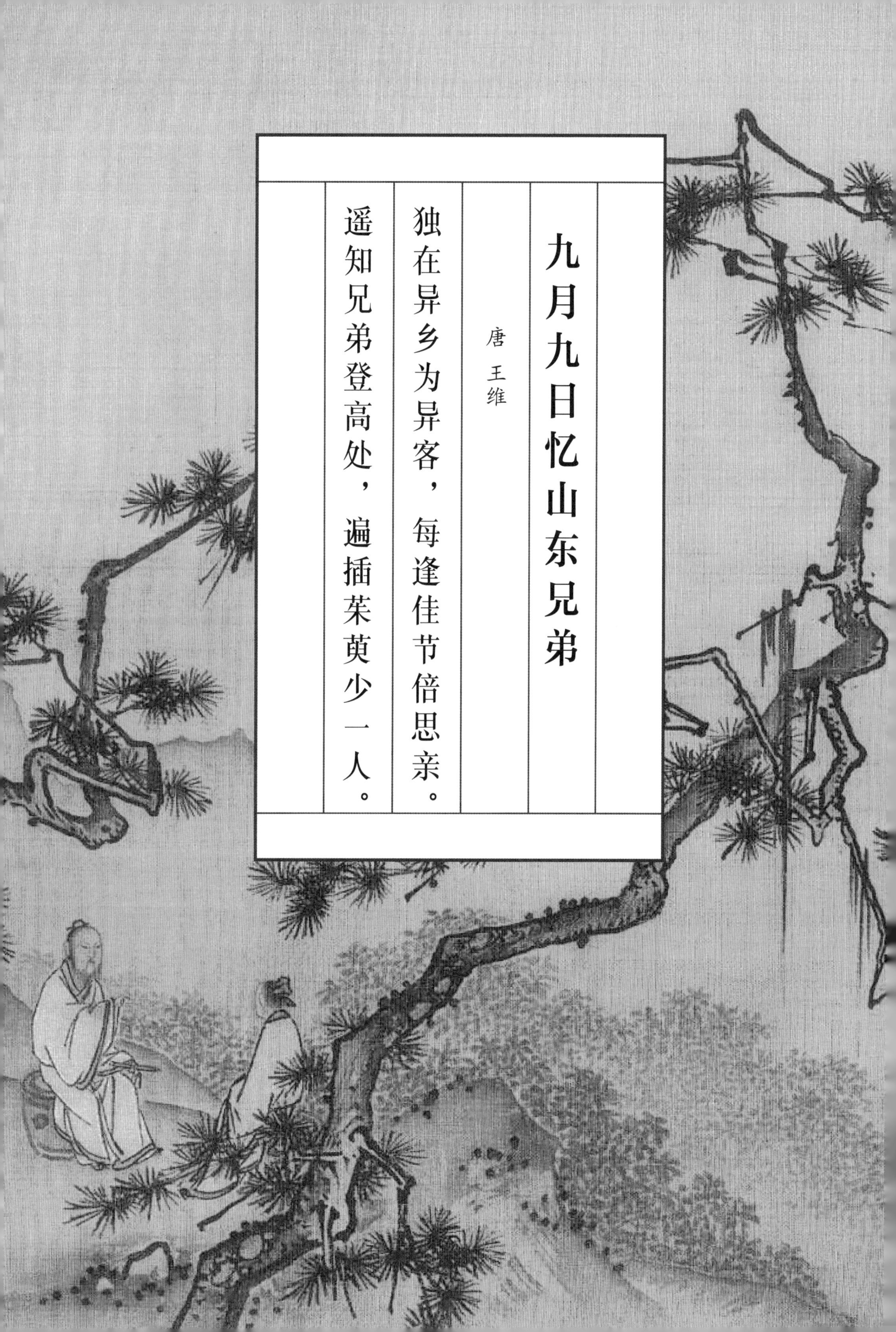

九月九日忆山东兄弟

唐 王维

独在异乡为异客，每逢佳节倍思亲。
遥知兄弟登高处，遍插茱萸少一人。

獨在異

鄉爲異

犭 狎 猸 獨

𠂇 𠂇 存 在

冂 甲 畢 異

纟 郷 鄉 鄉

夕 为 爲 爲

冂 甲 畢 異

独在异乡为异

宀 穷 灾 客

𠂉 ⺈ 毎 每

夂 夆 逄 逢

丿 亻 仕 佳

⺮ 竹 笪 節

亻 仁 位 倍

客 每 逢

佳 節 倍

客，每逢佳节倍

思親遥
知兄弟

口 田 思 思
立 亲 亲 親
夕 𠂤 岳 遥
𠂉 矢 知 知
口 口 尸 兄
丷 当 弟 弟

思亲。遥知兄弟

登高處

遍插茱

登高处，遍插茱

艹 芇 萸

丨 小 少

一

丿 人

萸少

一人

九月九日憶山

東兄弟 唐王維

萸少一人。

九月九日忆山东兄弟 唐 王维

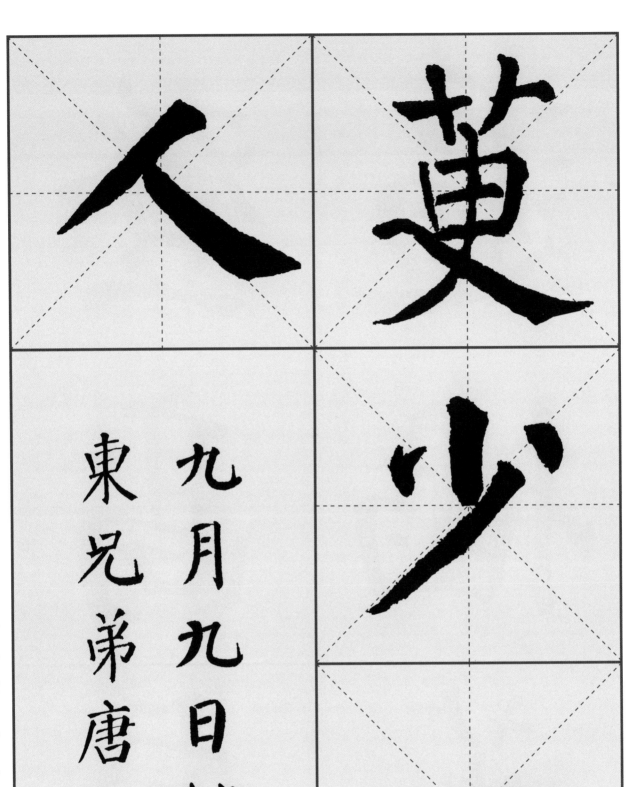

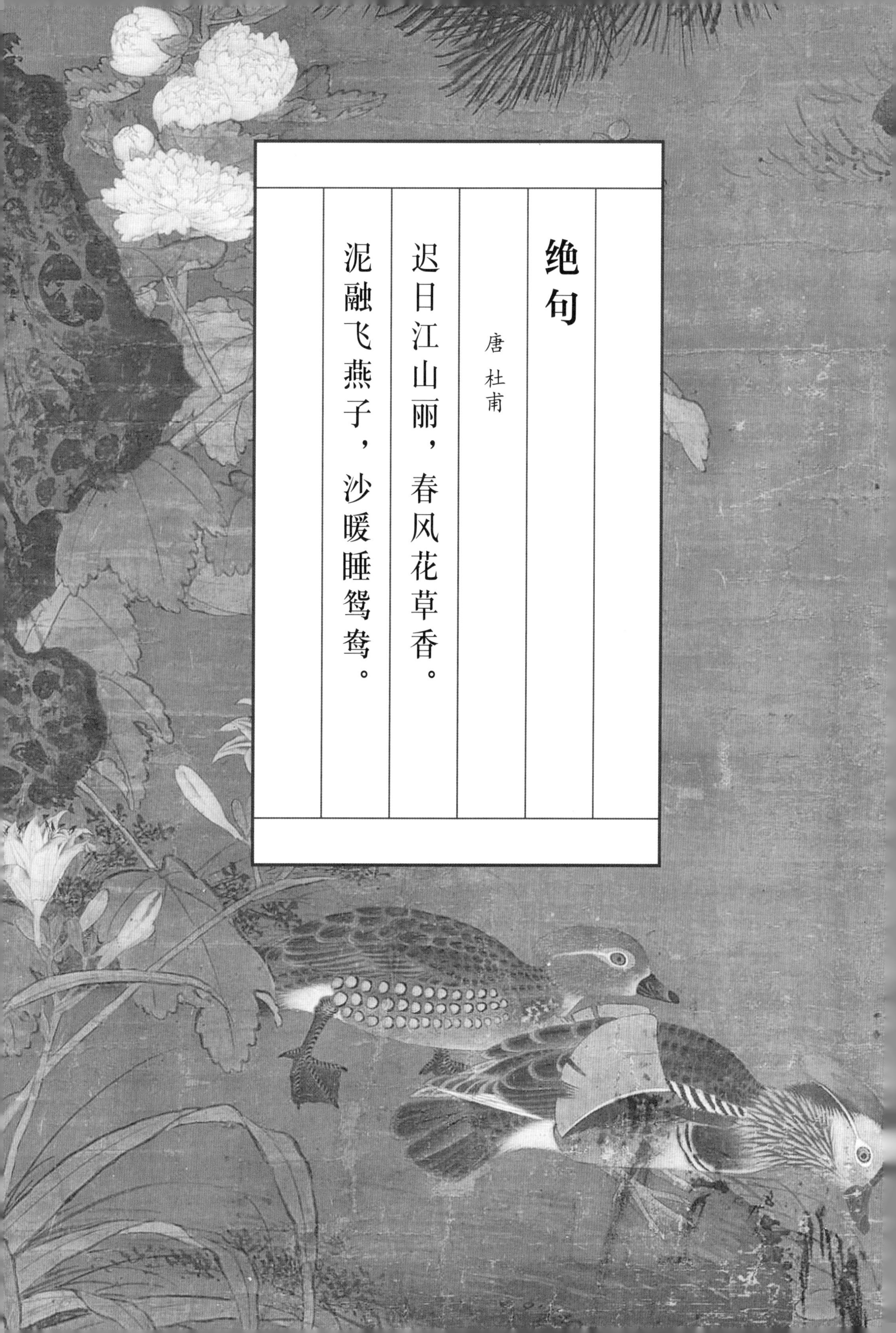

绝句

唐 杜甫

迟日江山丽，春风花草香。
泥融飞燕子，沙暖睡鸳鸯。

遲日江
山麗春

迟日江山丽，春

風花草
香泥融

丿 几 凬 風
艹 芢 花
艹 苩 草
二 禾 香 香
氵 江 沪 泥
丆 鬲 鬲 融

风花草香。泥融

飛燕子
沙暖睡

飞 飛 飛 飛
廿 昔 燕 燕
一 了 子
氵 氵 沙 沙 沙
目 睜 睜 暖
目 目 睜 睡

飞燕子，沙暖睡

鴛鴦

絕句

唐杜甫

鸳鸯。绝句　唐　杜甫

夕　夗　鴛　鴛　冂　央　鴦　鴦

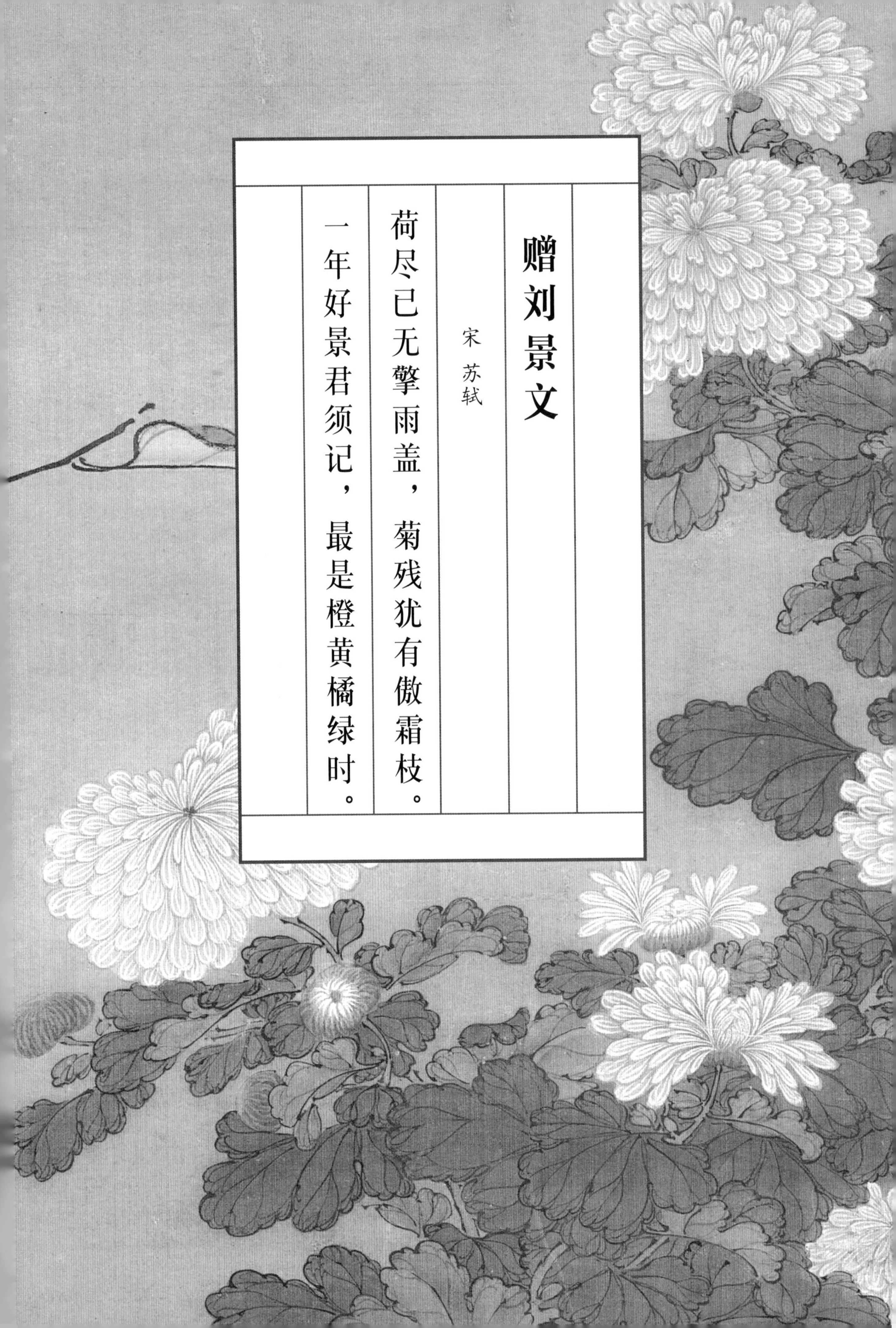

赠刘景文

宋　苏轼

荷尽已无擎雨盖，菊残犹有傲霜枝。
一年好景君须记，最是橙黄橘绿时。

荷盡已
無擎雨

荷 盡 已 無 敬 擎 雨

荷尽已无擎雨

盖菊残

犹有傲

盖，菊残犹有傲

霜枝一
年好景

二 雨 霄 霜　寸 木 杓 枝　一　𠂉 𠂉 左 年　女 女 好 好　口 旦 吕 景

霜枝。一年好景

君須記
最是橙

君须记，最是橙

黃橘綠

時

贈劉景文

宋蘇軾

艹 艹 黃 黃

木 朩 桸 橘

纟 糹 紅 綠

日 目 旪 時

黄橘绿时。

赠刘景文

宋 苏轼

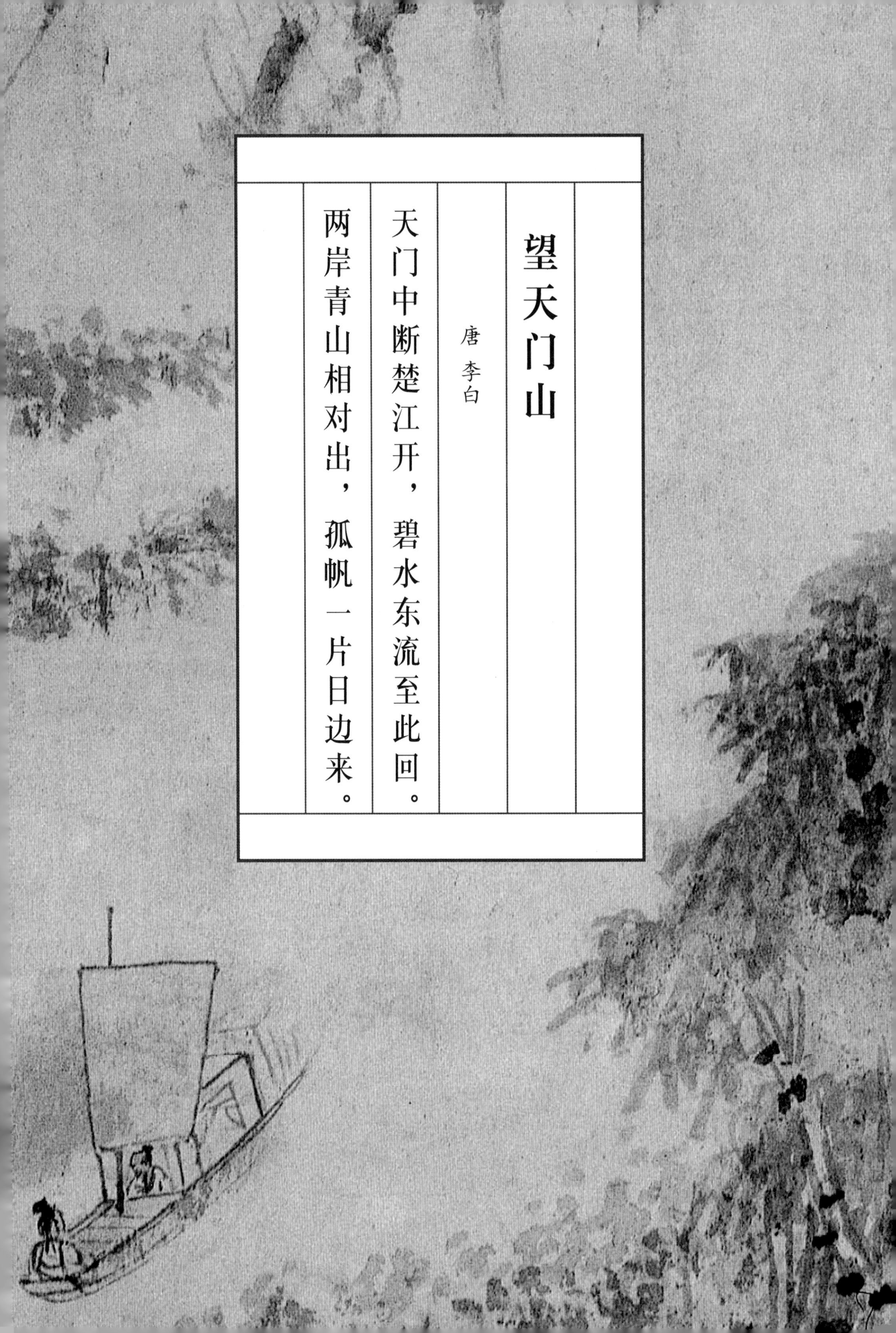

望天门山

唐 李白

天门中断楚江开，碧水东流至此回。
两岸青山相对出，孤帆一片日边来。

一 二 天

丨 門

丶 口 中

丝 斷

木 林 楚

丶 氵 汀 江

天門中
斷楚江

天门中断楚江

開碧水

東流至

尸 閂 開

王 珀 珸 碧

亅 力 水

一 百 亩 東

氵 汸 汯 流

一 厶 丕 至

开，碧水东流至

此迴两岸青山

卜 止 止丿 此

冂 回 廻 迴

一 丙 丙 两

山 岸 岸 岸

二 主 青 青

丨 山 山

此回。两岸青山

相對出孤帆一

十 木 机 相

业 业 丵 對

丨 屮 出 出

了 子 孤 孤

冂 巾 帆 帆

一

相对出，孤帆一

片日邊來

望天門山

唐李白

丿 广 片 片

丨 冂 月 日

自 鳥 㚑 邊

一 从 來 來

片日边来。

望天门山 唐 李白

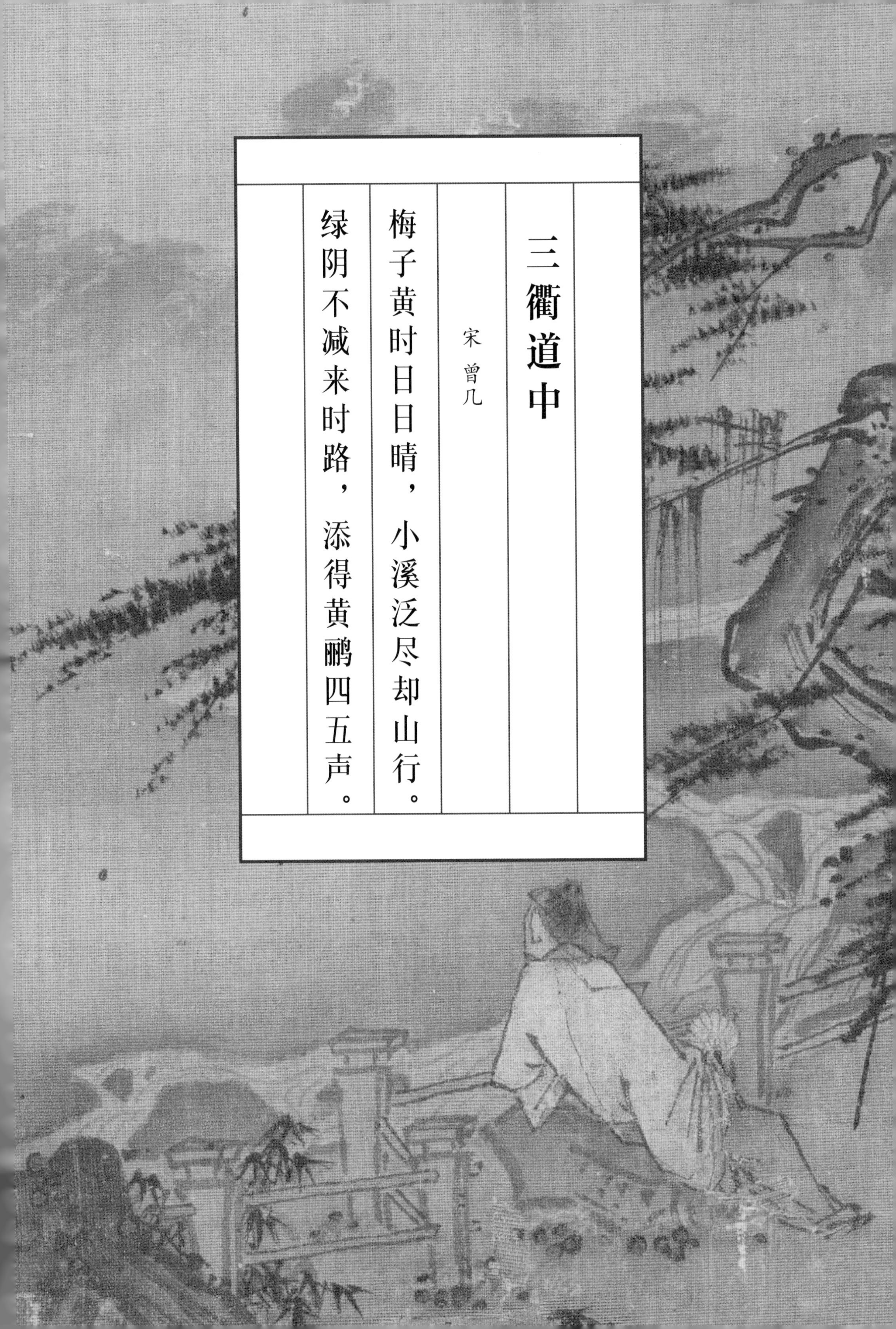

三衢道中

宋 曾几

梅子黄时日日晴，小溪泛尽却山行。

绿阴不减来时路，添得黄鹂四五声。

木 朩 杇 梅　乛 了 子　艹 龷 黄 黄　日 日 旹 時　丨 冂 冃 日　丨 冂 冃 日

梅子黄時日日

梅子黄时日日

晴小溪

泛盡卻

晴，小溪泛尽却

山行
緑陰
不減

山行。绿阴不减

來 時 路

添 得 黃

一 𠆢 來 來　日 旪 時 時　口 𧾷 跤 路　氵 沃 添 添　彳 徂 得 得　廿 龷 黃 黃

来时路，添得黄

鸝四五聲

三衢道中

宋 曾几

丽 麗 鸝

丶 冂 罒 四

一 丆 万 五

士 声 殸 聲

鹂四五声。 三衢道中 宋 曾几

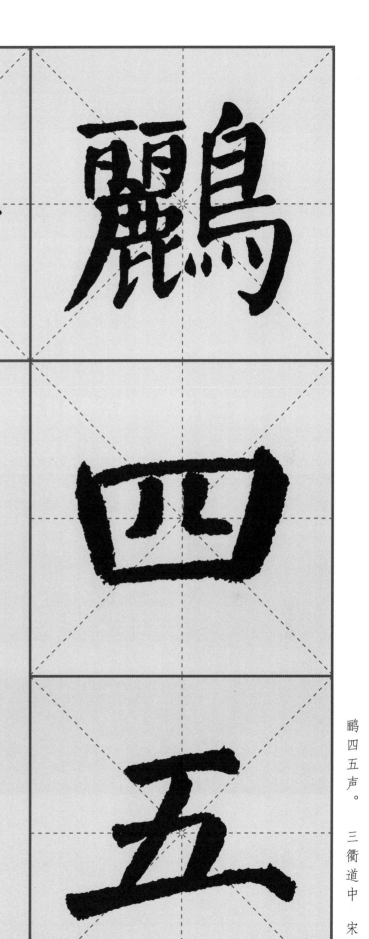

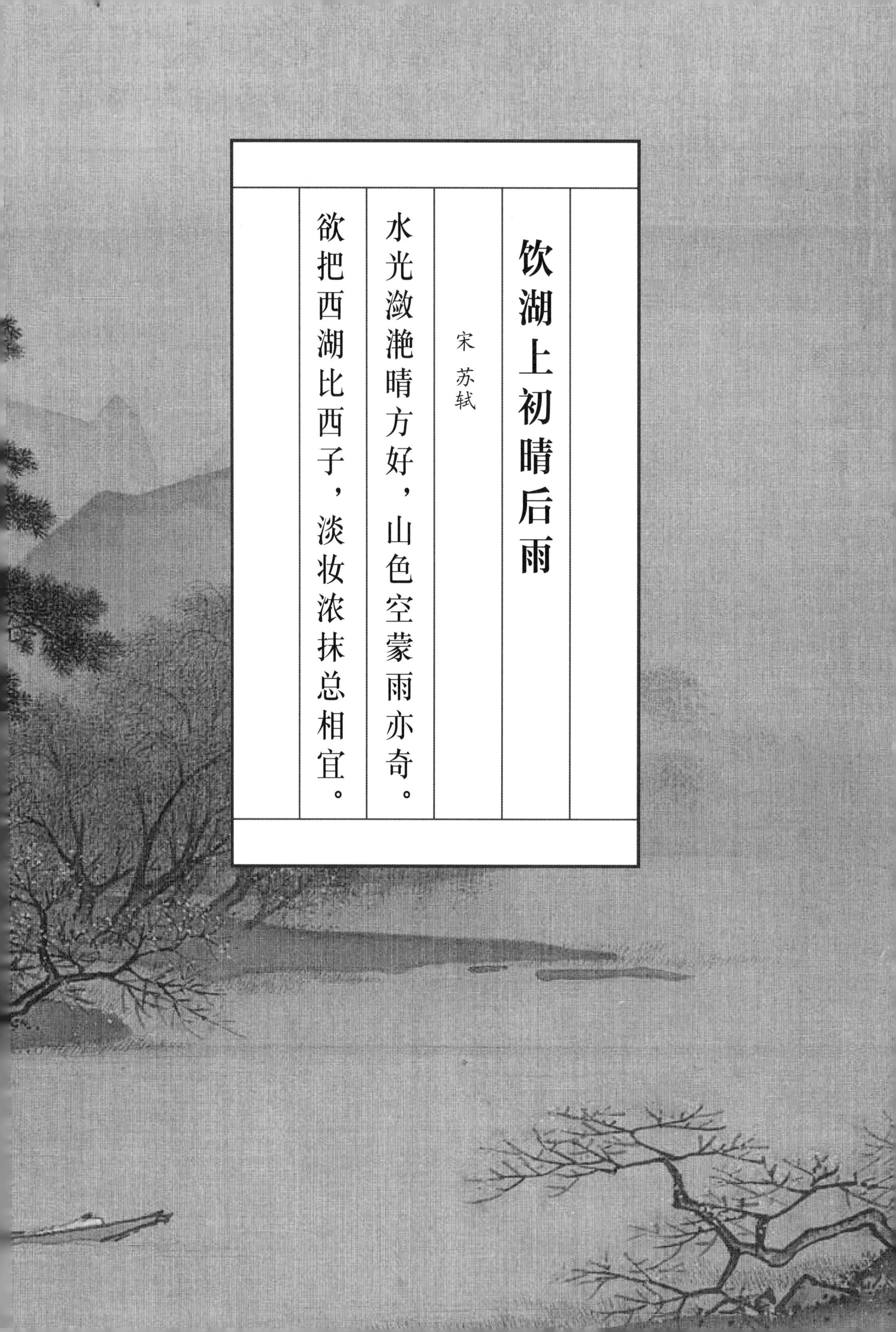

饮湖上初晴后雨

宋 苏轼

水光潋滟晴方好，山色空蒙雨亦奇。
欲把西湖比西子，淡妆浓抹总相宜。

丨 刀 水

丨 小 业 光

氵 淦 潋 瀲

氵 灃 灩 灩

日 日 日青 晴

丶 亠 方 方

水 光 瀲 灩 晴 方

水光潋滟晴方

𡿨 女 奵 好

丨 凵 山

⺈ ⺈ 刍 色

宀 穴 空 空

艹 苎 蒙 蒙

一 冂 帀 雨

好山色

空蒙雨

好，山色空蒙雨

亦奇欲把西湖

亠 亣 亣 亦

亠 亣 音 奇

八 谷 谷 欲

十 扌 扣 把

一 丙 两 西

氵 汁 沽 湖

亦奇。欲把西湖

比西子

淡妝濃

比 西 子 淡 妝 濃

比西子，淡妆浓

抹總相宜

飲湖上初晴後雨　宋　蘇軾

抹总相宜。饮湖上初晴后雨　宋　苏轼

扌 扌 扌 抹　糹 約 總 總　扌 木 相 相　宀 冝 冝 宜

望洞庭

唐 刘禹锡

湖光秋月两相和，潭面无风镜未磨。
遥望洞庭山水翠，白银盘里一青螺。

氵 沽 湖 湖

丨 ⺌ 业 光

千 禾 秒 秋

丿 刀 月 月

一 冂 丙 两

木 朩 相 相

湖 光

秋 月

两 相

湖光秋月两相

和潭面

無風鏡

和，潭面无风镜

未磨遥
望洞庭

二 丰 末 未
广 麻 麼 磨
夕 夅 䍃 遥
亡 𦣠 朢 望
氵 汌 洞 洞
亠 广 庄 庭

未磨。遥望洞庭

山水翠
白銀盤

山水翠，白银盘

裏一青螺

望洞庭
唐 劉禹錫

一 亩 重 裏 一 二 主 青 青 虫 蚆 螺 螺

里一青螺。 望洞庭 唐 刘禹锡

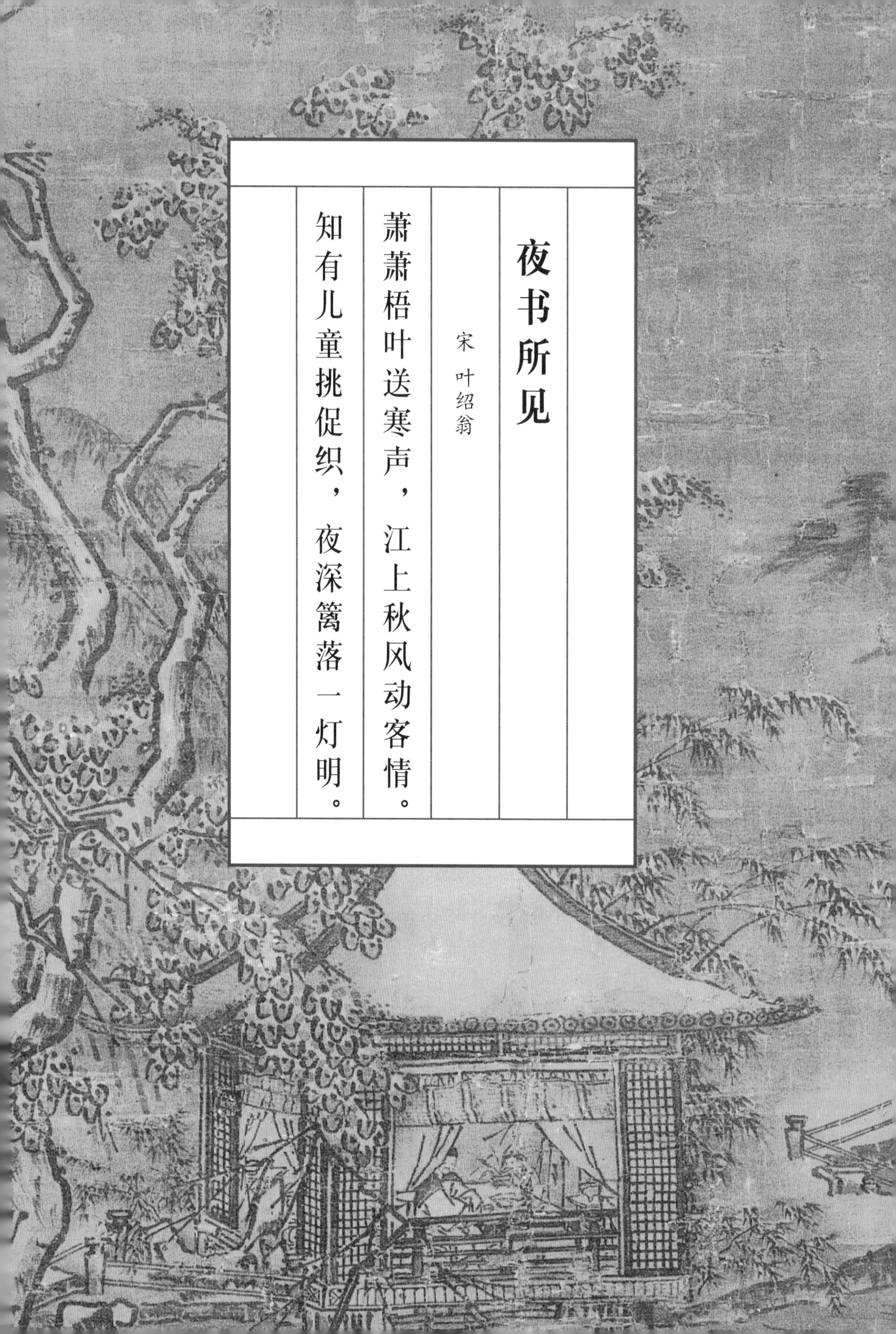

夜书所见

宋　叶绍翁

萧萧梧叶送寒声，江上秋风动客情。

知有儿童挑促织，夜深篱落一灯明。

蕭蕭梧
葉送寒

萧萧梧叶送寒

聲江上

秋風動

声 殸 殸 聲

氵 汀 汀 江

丨 卜 上

千 禾 秒 秋

丿 几 凬 風

二 台 重 動

声，江上秋风动

客情
知有
兒童

客情。知有儿童

挑促織
夜深籬

扌 扌 扌 挑
亻 伹 伻 促
纟 糹 緒 織
亠 广 夜 夜
氵 氵 泙 深
⺮ 篙 篛 籬

挑促织，夜深篱

落一燈明

夜書所見

宋葉紹翁

落一灯明。夜书所见 宋 叶绍翁

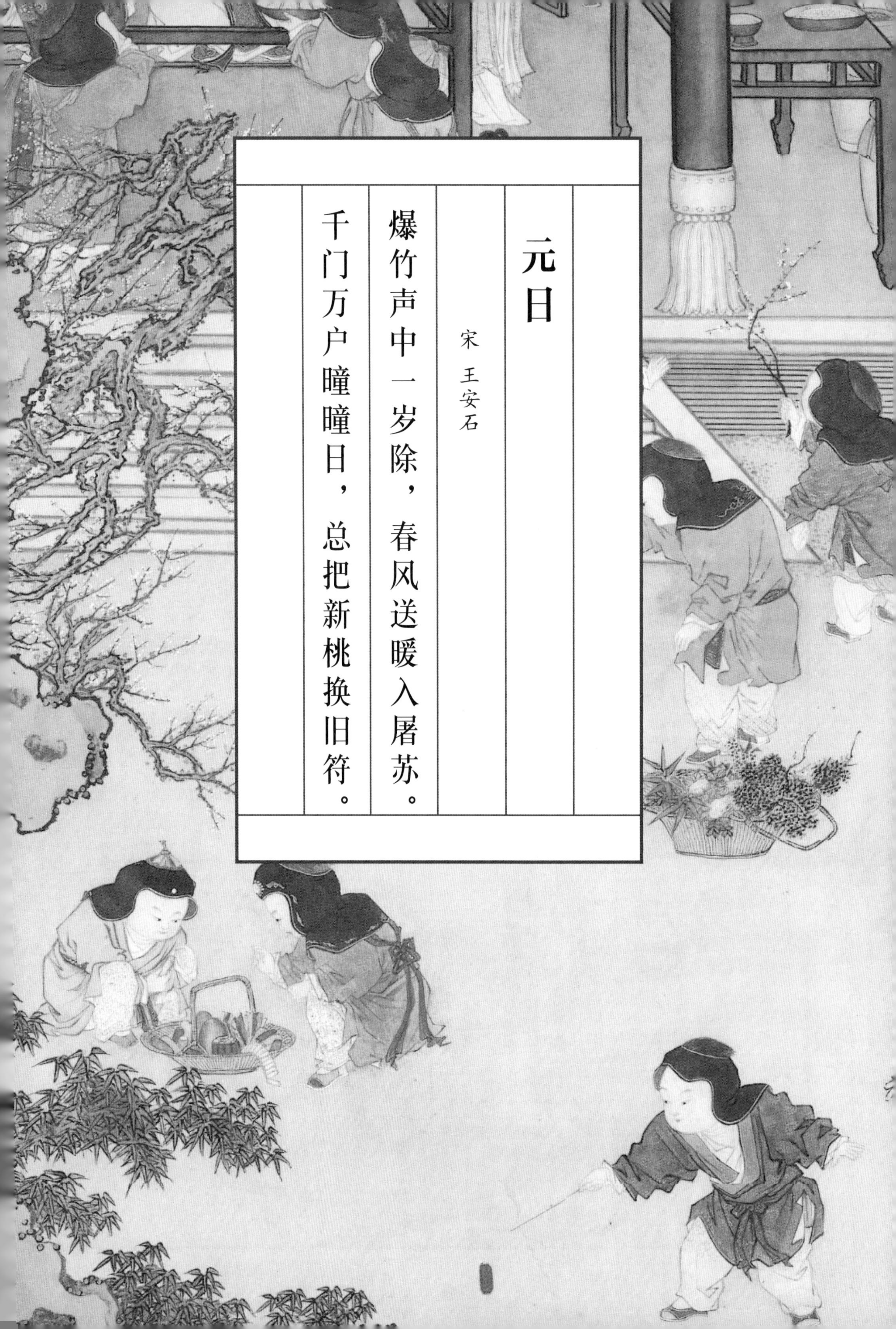

元日

宋 王安石

爆竹声中一岁除，春风送暖入屠苏。
千门万户曈曈日，总把新桃换旧符。

爆竹聲
中一歲

火 炟 煤 爆

⺈ 𠂉 竹 竹

声 殸 殸 聲

丨 口 口 中

一

止 歨 歳 歲

爆竹声中一岁

除春風

送暖入

除，春风送暖入

屠蘇千門萬戶

一 尸 屏 屠 艹 苗 蓂 蘇 丿 二 千 丨 尸 門 艹 苗 萬 萬 一 厂 戶 戶

屠苏。千门万户

曈曈日
總把新

日 旷 暗 曈

日 旷 暗 曈

丨 冂 月 日

纟 約 緫 總

扌 扣 扣 把

立 亲 亲 新

曈曈日，总把新

桃換舊符

元日

宋 王安石

桃换旧符。 元日 宋 王安石

木 村 机 桃

扌 扩 挽 換

艹 芢 萑 舊

⺮ ⺮ 笲 符

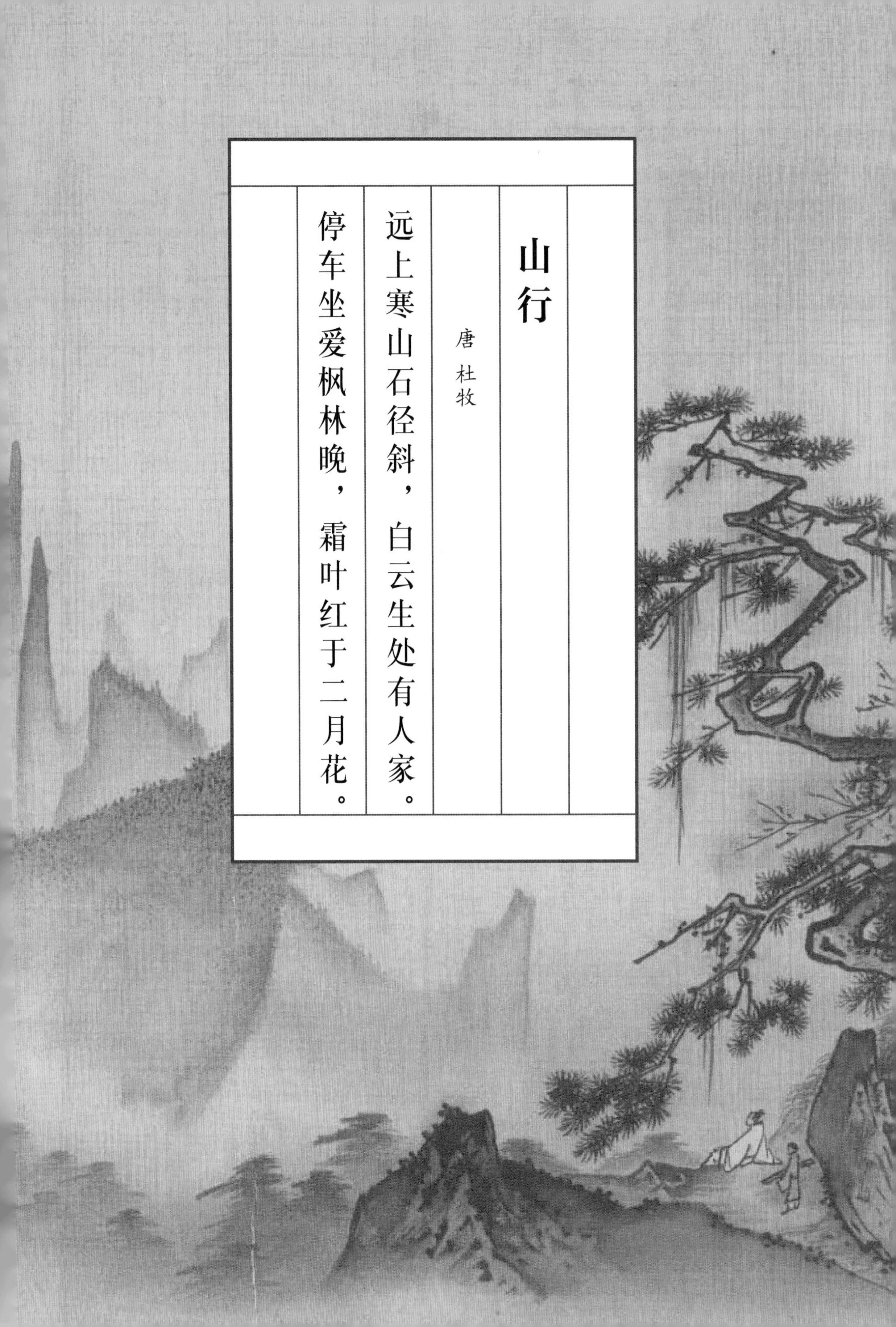

山行

唐 杜牧

远上寒山石径斜，白云生处有人家。
停车坐爱枫林晚，霜叶红于二月花。

遠上寒山石徑

土 𡉉 袁 遠
丨 卜 上
宀 宙 寔 寒
丨 山 山
一 厂 石 石
彳 徑 徑 徑

远上寒山石径

斜白雲
生處有

斜，白云生处有

人家
停
車坐愛

人家。停车坐爱

楓林晚

霜葉紅

木 朳 杋 楓

木 村 材 林

日 旷 晗 晚

⺈ 𠆢 雬 霜

艹 丗 葉 葉

幺 糸 紅 紅

枫林晚，霜叶红

一 二 于

一 二

丿 冂 月 月

丷 艹 艹 花

于二月

花

山行

唐杜牧

于二月花。

山行 唐 杜牧